&
MERMEN
DIANNA DIVERNO

This is a work of fiction. Similarities to real people, places, or events are entirely coincidental.

DESSY & MERMEN, DESSY E TRITONI

First edition. October 7, 2024.

ISBN: 979-8227169969

Written by Dianna Diverno.

DESSY AND MERMEN

AUTHOR: DIANNA DIVERNO

Very, very many years ago at the foot of the Italian Alpy, lived boss Demetrisio. He was very rich, a businessman, and his greatest hobby was breeding top race horses. At the great city Hippodrome, horse races were held every two weeks. Some of his the best riding horses were: Wicky, Jeanna, Snay, Greicko ... And the most golden trophies of all the horses, won a horse nicknamed Wicky, and whose real name was Wickloyde.

Boss Demetrisio was especially proud of this white horse, so he ordered it to be placed in the yard a large statue of a horse that represented the figure of just this horse.

Boss Demetrisio has a daughter unit called Desdemona, but everyone called her Dessy. She was a beautiful girl who had extra free time that summer. She spent time playing the piano or riding through a huge estate of several hundred acres.

But lately, she has been devoting a lot of time just in this old fountain. Even so much time that it is no more wrote beautiful letters to her fiancé - Gianni in Rome for whom boss Demetrisio wanted to get married. It was a precedent in relationships.

And an old fountain in the yard hid a very old one a secret. Namely, at the bottom of the old fountain was underground the lake and here for hundreds of years back slept the old, blue spirit. People could only wake him up like that if they did inserted one gold coin at a time during the full moon. Then it would the old, blue spirit awoke and fulfilled their desires.

Some time ago, the cat Faseln who lived on this property from boss Demetrisio, he overheard about this old one secret. And only the fish that lived there knew that secret, as well the best frog orchestra in the world that stayed there. And so it is the cat Faseln, when he heard of this secret, acquired an old one a gold coin and one evening threw it into that fountain. Then it turns out Blue Spirit awoke and appeared before him and accomplished an unusual and a strange cat wish.

Namely, the cat Faseln wanted to be a merman. He wanted to have a beautiful golden tail like a fish in an aquarium. Than this Blue Spirit fulfilled that strange desire - he turned domestic cat Faseln in a beautiful merman named Fasel.

And so this merman now resided in that underwater lake surrounded by fish, frogs, shellfish and snakes. He is fed on plankton and shellfish. He toured all the underwater ones caves, listened to songs played by the best frog orchestra on world and he loved to spin an golden's tail on the surface of the water, and he admired the beautiful statue of Wicky's best horse. Best friend of Fasel was fish Miklay.

And all that would be ideal, his whole life would now reach real ideal about which any domestic, fat cat can only dreams that girl Dessy didn't just notice him in that fountain.

She was completely surprised with the fact that on the estate her father lives here a beautiful merman. So now she is instead to study and write love letters to her rich and young fiancé in Rome, she now spent all her time beside this old fountain.

For days she would stand by the old fountain for hours, she kept staring at the water and waiting for the beautiful one to appear - merman. On one occasion, when she accidentally and she noticed, managed to grab the owl's arms tightly and kissed him is.

And since then, her interest in him has reigned. Because what it would be different - dear children - and it would be nicer that one girl, as well as the rich heiress, has a beautiful merman in her, old fountain.

However, her obsession with this fountain was very surprised and amazed her father - the boss Demetrisio, as well as the workers who lived on this property.

Boss Demetrisio was a businessman, he had two banks whose owner he was, as well as participation in some oil wells.

That is why he, as a businesslike and diligent man, was surprised with by his daughter's persistent dangling with that old fountain.

Whenever he saw that she was there, he wondered:

" What is that girl doing next to that old fountain so much time?"

You're sure he'd be unusually surprised if he saw the real one the truth - that it was his daughter who fell in love with a beautiful merman with a golden tail and black hair.

However, dear children, let's go back to the main actor of this an unusual story that we will tell you now - and that is a cat Fasel who became merman. Namely, he was not there either interested in that he was noticed by the rich and beautiful heiress Dessy. Now he couldn't be calm at all relaxed as in the beginning. Now he could not swim on the surface water, because there is a very high chance that it will be grabbed by the hands of that young woman and annoying girl Dessy. And he might then got another kiss.

And as Fasel was now an ordinary merman with a golden tail, he could not walk on the surface of the estate, so he lost each one the opportunity to get a new, clean gold coin and wake up again the old, Blue Spirit which would agree that he needs true merman peace.

He didn't need it now some girl in love from whose hands and kisses she is persistent feared. And he wanted to get rid of that young girl Dessy who now actually spent all her free time next to that fountain, he decided to try to hire someone with estate from boss Demetrisio. He wanted to regain his water harmonia.

Other interesting inhabitants lived on this property, such as genus: Tropp and Mexy, another 2-3 cats, as well as a large blue spider named Spidey.

Spider Spidey knew the secret of the old fountain, he was the one on summer evenings who talked to Fasel about just that.

"But I" said merman Fasel "no longer have my water harmonium.The landlord's daughter Dessy is constantly watching and following me "

The colorful fish Miklay added to this story:

"Yes ,yes! I can really confirm that. Once upon a time it was Dessy managed to grab him and kiss him "

The blue spider Spidey just laughed.

"Ah, then it's a real shame I didn't see it?"

Then merman Fasel told him about how Dessy all time stands by the old fountain, and he no longer has that freedom and peace. They needed to find a solution together.

Then a frog named Mila remembered to say she needed to convince Dessy's fiancé in Rome to get to the old fountain, becomes a new merman and that then Dessy finally decides who she wants with spend the rest of her life. That idea seemed beautiful to everyone. That was now the only solution that really worked for the rest of them, and the spider Spidey and the storks Tropp and Mexy gave solemnly the promise that will help merman's harmonia regain its watery harmonia.

So the next morning, they decided to in some way inform Dessy's fiancé in Rome to come to the estate of boss Demetrio, insert one

gold and he becomes merman. Then Dessy should decide who she wants to be married.

And the next morning the spider Spidey took on that huge task to write a letter for Gianni in Rome, inform him that it was time to finally become what he never even thought that it will be - and that is merman. Then their whole destiny would bejust on Dessy's decision.

And the two storks Tropp and Mexy were given an express assignment to they play the postmen in Rome, they should have taken the letter to the right door. So they flew away with a letter in their beak, and they were trying to find Dessy in that big city where her fiancé Gianni lived. It was very comical and funny the journey of those two whispers, but they still somehow managed to deliver letter to the right address. The storks stayed and even looked through

window the reaction of that young man who is amazed read that letter and the old fountain, as well as the secret that is there hidding.

Gianni had been waiting for a letter from her fiancée Dessy for days. But she didn't write to him for a long time. That's how he saw it the only solution remains to be found secretly on that property, insert a new gold coin and become a merman. He did not inform anyone about coming to the estate of boss Demetrisio. Also, that evening no one on that estate knew that Gianni was there.

He approached the fountain and threw one gold coin inside. Then before an old Blue Spirit appeared to him, the young man told him of his own issue. The only solution was to become an ordinary merman, to make Dessy choice the final choice. Blue Spirit was fulfilled that wish:

"You will become a merman," said the blue spirit, "but your fiancée will make the final decision. If she chooses another man, then you will return to your apartment in Rome and you will forget that you ever knew Boss Demetrisio and Dessy. And they will then forget you. OK?"

This seemed like a very good deal and Gianni said:

"OK. I'll do it! I agree!"

And a moment - two later this young man found himself in the water, he fell in that fountain, but this time in the form of a merman with a tail of paint topaz. He was completely surprised with the fact that it was the letter was true, but this time he decided it was time that Dessy tells the ultimate truth - whether she loves him or the other merman with a golden tail named Fasel?

And the next morning, after breakfast, Dessy found herself at the old fountain. She had no idea what was going on last night. And hers reactions were followed by the storks Tropp and Maxy living in the nest on the roof of the house. Dessy could hardly wait to see the one again for whom her heart was beating.

During that time, there was a real bitter argument under the water between two mermans: Fasel and Gianni. They quarreled over the question of who Dessy should really fall in love with.

At that moment, merman Fasel was sorry for that beautiful girl, when he saw what a stubborn person her fiancé was, and a man without a heart. Then Fasel saw his mistake about it that they had nevertheless informed this soulless man of everything . So Fasel decided to help her somehow with fish Miklay.

And that day, as he watched from under the surface of the water, it came to his mind a wonderful, unusually beautiful person. He remembered her, too care of nature and horses on the estate. That's when he realized that he still fell in love with her. But now he has loaded himself and rival on the neck.

For a long time, Fasel talked to the blue spider Spidey about all this.

They realized their mistake, but now it was all up to Dessy final decision.

Dessy was by the old fountain all the time. It seemed all the time she could see the outlines of the merman, but this time he had a dazzling topaz - colored tail.

"Does here live more than one merman?" She asked and the girl is staring intently into the water. During that time, her fiancé Gianni swam close to the surface of the water. He could see her face and interest. He grumbled angrily to himself.

"It's not right for my fiancée to fall in love with someone ordinary a creature like merman? I will surely punish her once that she turned her back on me and fell in love with that man with a golden tail! "

He was angry about all this. He persistently swam very close surface and chase away merman Fasel every time he tried to approach water surface..

" Hey! " Miklay warned them, " it wouldn't be right to you two are fighting now! We've never fought here, except when big catfish lived there! "

But the two mermans still did not listen to her. They angrily chased one each other and tried to attack each other. During that time Dessy noticed some stirring under the water. And finally she mustered the strength and jumped into the water. She was surprised when in those few moments she managed to see that it was a big lake with fish and an interesting aquatic world.

Even more so she was surprised when she saw two beautiful mermans in front of her are fighting. It seemed to her that one merman was familiar to her. But then she began to lose her breath and floated to the surface of the water.

Her father was also worried when he saw how she was jumped into the water and quickly rushed outside thinking something happened to her.

" No! No! " - said the girl who was completely wet. " The ring fell which I have to wear, so I jumped to find it. "

Her father escorted her to her room, meanwhile above the surface from the water, the mermans who lived there appeared. Spider Spidey explained that Dessy had noticed them after all. Everything seemed very tense.

"That's my fiancée, stupid merman Fasel!" Giannni shouted at him - "and you have no right to seduce her."

"You can't tell me that. You don't love her "- said merman Fasel. The situation became tense again.

"Slowly, slowly" - the fish Miklay calmed them down. "Let's go. Lets let Dessy make the final decision! '

And so they parted without fighting again.

During that time, boss Demetrisio was very angry that his daughter Dessy spends so much time by the old fountain.

He decided to forbid her to go out that day, so that he locked her in her room. And from the next day, he said she would go to an aunt who lives in Sicily and will not return to the estate until the fall. Dessy was very sad about it. She didn't want to part from her new sympathy.

She threw herself on the bed and cried. It was blue spider Spidey who watched it all for a while. He was an eyewitness to everything happened. He quickly went to the old fountain and said what he had in mind to boss Demetrisio. One of those two mermans didn't like that plan.

Merman Fasel thought she would be in Sicily and Dessy will for sure forget him.

And merman Gianni knew that after she travels, the Blue Spirit decide to return him to the human form a he will forget everything he knew about that property and about the old secret fountain.

They knew that they had to find a solution that evening. Blue spider Spidey gave himself the task of somehow informing Dessy that though she must reach the fountain during that night.

Her choice was tailored their fates. Although maybe two days ago Fasel would be happy for such upheavals that have been happening, now though he did not want to lose her and he was sad about it.

That night, when Boss Demetrisio went to bed, blue spider Spidey left the paper under Dessy's door. He informed that he is her savior, that he will bring her the key and that she must come to her fountain so that she could somehow say her final decision. And with the help of the storks Tropp and Mexy, in a very funny way, succeeded to get the key to the room from Demetrisio's office.

They are hurried to the room where Dessy was and shoved the key under her door. She enthusiastically left the room and went to the old fountain that night.

There was a big surprise waiting her. Now she saw that there were two mermans: Fasel and her fiancé Gianni. Then an old blue ghost also appeared who said it was her decision final - whoever she chooses, he will become hers the chosen one. Dessy was very fond of the merman with the golden tail, despite the fact that she had known Gianni from Rome, for a very long time . But Gianni was sometimes a stubborn man, and she couldn't sincerely love him. That's what she told him.

And that night, before at the cathedral ticked twelve o'clock she brought the final decision - her chosen one will be merman Fasel.

All the fish and frog orchestra were happy for her decision. And the old Blue Spirit now had two tasks. The first task was to turn merman Gianni into a man and transfer him to his flat, but with complete amnesia.

So Gianni found himself again in his own apartment in Rome, in his own bed and pajamas and he forgot he had ever been in that old one fountain, he forgot both - Dessy and that he was also a merman. Just calmly he turned, yawned and continued to sleep. And also, Gianni forgot that moment and everyone who knew him on that property.

Another task from the old, Blue Spirit was to turn Fasel into the young man, which he gladly did. So when the next morning Boss Demetrisio decided to unlock the door to his daughters room so that she could get ready and travel to Sicily – then Fasel appeared in front of his house. He was in a very nice carriage and introduced himself as a wealthy goldsmith.

He asked if he could get his daughter Dessy's hand. When boss Demetrisio saw that Dessy was sincerely in love with of this young man he didn't even know existed until yesterday, he decided to let them get married.

And after a while, a big and beautiful wedding was organized between Dessy and a wealthy gold jewelry merchant named Fasel. They lived happily and contentedly until the end of their lifes. And the secret of the old fountain remained forever locked in distant past. And we're not sure, dear children, if it will be soon reappear someone

with a new gold coin to wake up again the old Blue Spirit who still slept peacefully there.

THE END

Fairy tale : Dessy And Mermen
Author : Dianna Diverno
Translate : A.B

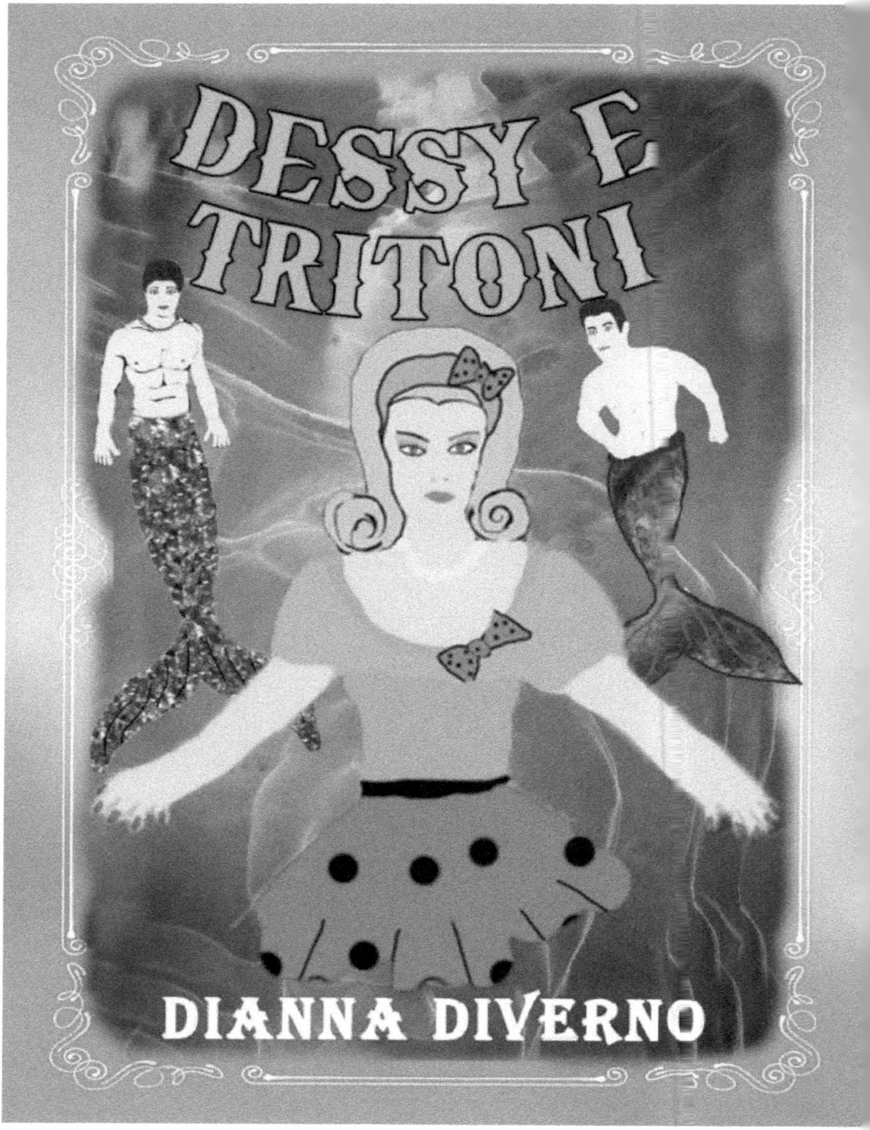
DESSY E
TRITONI
DIANNA DIVERNO

DESSY E TRITONI

AUTORE: DIANNA DIVERNO

Molti, moltissimi anni fa, ai piedi dell'Alpy italiana, viveva il boss Demetrisio. Era molto ricco, un uomo d'affari e il suo più grande hobby era allevare i migliori cavalli da corsa. Al grande ippodromo della città, le corse dei cavalli si tenevano ogni due settimane. Alcuni dei suoi migliori cavalli da equitazione erano: Wicky, Jeanna, Snay, Greicko ... E il trofeo più dorato di tutti i cavalli, vinse un cavallo soprannominato Wicky, e il cui vero nome era Wickloyde.

Il capo Demetrisio era particolarmente orgoglioso di questo cavallo bianco, così ordinò che fosse collocata nel cortile una grande statua di un cavallo che rappresentava la figura proprio di questo cavallo.

Il capo Demetrisio ha un'unità figlia chiamata Desdemona, ma tutti la chiamavano Dessy. Era una bella ragazza che aveva del tempo libero extra quell'estate. Trascorreva il tempo suonando il pianoforte o cavalcando in un'enorme tenuta di diverse centinaia di acri.

Ma ultimamente, sta dedicando molto tempo proprio a questa vecchia fontana. Anche così tanto tempo che non è più ha scritto bellissime lettere al suo fidanzato - Gianni a Roma per il quale il capo Demetrisio voleva sposarsi. Era un precedente nelle relazioni.

E una vecchia fontana nel cortile nascondeva un segreto molto antico. Vale a dire, in fondo alla vecchia fontana c'era il lago sotterraneo e qui per centinaia di anni ha dormito il vecchio spirito blu. La gente poteva svegliarlo in quel modo solo se inseriva una moneta d'oro alla volta durante la luna piena. Allora il vecchio spirito blu si svegliò e realizzò i loro desideri.

Qualche tempo fa, il gatto Faseln che viveva in questa proprietà dal boss Demetrisio, ha sentito parlare di questo vecchio segreto. E solo i pesci che vivevano lì conoscevano quel segreto, così come la migliore orchestra di rane del mondo che vi soggiornava. E così fu il gatto Faseln, quando venne a sapere di questo segreto, acquistò una moneta d'oro vecchia e una sera la gettò in quella fontana. Poi si scopre che Blue Spirit si è svegliato ed è apparso davanti a lui e ha realizzato un insolito e strano desiderio di un gatto.

Vale a dire, il gatto Faseln voleva essere un tritone. Voleva avere una bella coda dorata come un pesce in un acquario. Poi questo Spirito Blu ha esaudito quello strano desiderio: ha trasformato il gatto domestico Faseln in un bellissimo tritone di nome Fasel.

E così questo tritone ora risiedeva in quel lago sottomarino circondato da pesci, rane, crostacei e serpenti. Si nutre di plancton e crostacei. Ha visitato tutte le grotte sottomarine, ascoltato le canzoni suonate dalla migliore orchestra di rane del mondo e amava girare una coda d'oro sulla superficie dell'acqua, e ha ammirato la bellissima statua del miglior cavallo di Wicky. Il migliore amico di Fasel era il pesce Miklay.

E tutto ciò sarebbe stato l'ideale, tutta la sua vita avrebbe ora raggiunto un vero ideale su cui qualsiasi gatto domestico e grasso può solo sognare che la ragazza Dessy non lo abbia notato in quella fontana.

Era completamente sorpresa dal fatto che nella tenuta suo padre vivesse qui un bellissimo tritone. Così ora si trova invece a studiare e scrivere lettere d'amore al suo ricco e giovane fidanzato a Roma, che ora passava tutto il suo tempo accanto a questa vecchia fontana.

Per giorni sarebbe rimasta accanto alla vecchia fontana per ore, continuava a fissare l'acqua e ad aspettare che apparisse la bella: il tritone. In un'occasione, quando lei accidentalmente e se ne accorse, riuscì ad afferrare forte le braccia del gufo e lo baciò.

E da allora, il suo interesse per lui ha regnato. Perché cosa sarebbe diverso - cari bambini - e sarebbe più bello che una ragazza, oltre che la ricca ereditiera, avesse un bellissimo tritone nella sua, vecchia fontana.

Tuttavia, la sua ossessione per questa fontana fu molto sorpresa e stupì suo padre, il capo Demetrisio, così come i lavoratori che vivevano in questa proprietà.

Il capo Demetrisio era un uomo d'affari, aveva due banche di cui era proprietario, oltre alla partecipazione in alcuni pozzi petroliferi.

Ecco perché lui, da uomo diligente e professionale, fu sorpreso dal fatto che sua figlia continuasse a penzolare con quella vecchia fontana.

Ogni volta che vedeva che lei era lì, si chiedeva:

" Cosa ci fa quella ragazza accanto a quella vecchia fontana tempo?"

Sei sicuro che sarebbe insolitamente sorpreso se vedesse quella vera, la verità - che è stata sua figlia ad innamorarsi di un bellissimo tritone con una coda d'oro e i capelli neri.

Tuttavia, cari bambini, torniamo all'attore principale di questa storia insolita che vi racconteremo ora - e cioè un gatto Fasel che è diventato tritone. Vale a dire, non c'era nemmeno lui interessato, che era stato notato dalla ricca e bella ereditiera Dessy. Ora non riusciva a stare tranquillo, per niente rilassato come all'inizio. Ora non poteva nuotare sull'acqua di superficie, perché c'è un'alta probabilità che venga afferrato dalle mani di quella giovane donna e della fastidiosa ragazza Dessy. E poi avrebbe potuto ricevere un altro bacio.

E poiché Fasel era ora un normale tritone con una coda d'oro, non poteva camminare sulla superficie della tenuta, così perse l'opportunità di ottenere una nuova moneta d'oro pulita e svegliare di nuovo il vecchio Spirito Blu che sarebbe stato d'accordo sul fatto che aveva bisogno della vera pace da tritone.

Non ne aveva più bisogno, ora una ragazza innamorata, dalle cui mani e baci è persistentemente temuta. E voleva sbarazzarsi di quella giovane ragazza Dessy che ormai passava effettivamente tutto il suo tempo libero accanto a quella fontana, decise di provare ad assumere qualcuno con proprietà dal boss Demetrisio. Voleva ritrovare la sua armonia d'acqua.

Altri abitanti interessanti vivevano in questa proprietà, come i generi: Tropp e Mexy, altri 2-3 gatti, così come un grande ragno blu di nome Spidey.

Spider Spidey conosceva il segreto della vecchia fontana, era lui che nelle sere d'estate parlava con Fasel proprio di questo.

«Ma io» disse il tritone Fasel «non ho più il mio armonium d'acqua. La figlia del padrone di casa, Dessy, mi guarda e mi segue costantemente"

Il pesce colorato che Miklay ha aggiunto a questa storia:

"Sì, sì! Posso davvero confermarlo. C'era una volta Dessy che riuscì ad afferrarlo e baciarlo"

Il ragno blu Spidey si limitò a ridere.

"Ah, allora è un vero peccato non averlo visto?"

Allora il tritone Fasel gli raccontò di come Dessy stia sempre vicino alla vecchia fontana, e lui non abbia più quella libertà e quella pace. Avevano bisogno di trovare una soluzione insieme.

Poi una rana di nome Mila si ricorda di dire che aveva bisogno di convincere il fidanzato di Dessy a Roma ad arrivare alla vecchia fontana, diventa un nuovo tritone e che poi Dessy decide finalmente con chi vuole passare il resto della sua vita. Quell'idea è sembrata bella a tutti. Quella era ora l'unica soluzione che funzionava davvero per il resto di loro, e il ragno Spidey e le cicogne Tropp e Mexy fecero solennemente la promessa che avrebbe aiutato l'armonia del tritone a ritrovare la sua armonia acquosa.

Così la mattina dopo, decisero di informare in qualche modo il fidanzato di Dessy a Roma di recarsi nella tenuta del boss

Demetrisio, inserire un oro e lui divenne un tritone. Poi Dessy dovrebbe decidere chi vuole sposare.

E la mattina dopo il ragno Spidey si assunse l'enorme compito di scrivere una lettera per Gianni a Roma, informandolo che era giunto il momento di diventare finalmente ciò che non avrebbe mai nemmeno pensato che sarebbe stato - e cioè tritone. Allora tutto il loro destino sarebbe stato solo per decisione di Dessy.

E alle due cicogne Tropp e Mexy fu dato un esplicito incarico di fare i postini a Roma, avrebbero dovuto portare la lettera alla porta giusta. Così volarono via con una lettera nel becco, e cercarono di trovare Dessy in quella grande città dove viveva il suo fidanzato Gianni. È stato molto comico e divertente il viaggio di quei due sussurri, ma in qualche modo sono comunque riusciti a consegnare la lettera all'indirizzo giusto. Le cicogne rimasero e guardarono anche dalla finestra la reazione di quel giovane che è stupito di leggere quella lettera e la vecchia fontana, così come il segreto che è lì nascosto.

Gianni aspettava da giorni una lettera della sua fidanzata Dessy. Ma non gli scrisse per molto tempo. Ecco come la vedeva lui: l'unica soluzione resta da trovare segretamente in quella proprietà, inserire una nuova moneta d'oro e diventare un tritone. Non informò nessuno di venire nella tenuta del boss Demetrisio. Inoltre, quella sera nessuno in quella tenuta sapeva che Gianni era lì.

Si avvicinò alla fontana e vi gettò dentro una moneta d'oro. Poi, prima che gli apparisse un vecchio Spirito Blu, il giovane gli raccontò del suo problema. L'unica soluzione era diventare un tritone qualunque, per fare della scelta di Dessy la scelta finale.

Blue Spirit ha esaudito quel desiderio:

"Diventerai un tritone," disse lo spirito blu, "ma la tua fidanzata prenderà la decisione finale. Se sceglie un altro uomo, allora tornerai nel tuo appartamento a Roma e dimenticherai di aver mai conosciuto il capo Demetrisio e Dessy. E allora ti dimenticheranno. Va bene?"

Questo sembrava un ottimo affare e Gianni ha detto:

"Va bene. Lo faccio io! Sono d'accordo!"

E un momento - due dopo questo giovane si ritrovò in acqua, cadde in quella fontana, ma questa volta sotto forma di un tritone con una coda di topazio dipinto. Era completamente sorpreso dal fatto che la lettera fosse vera, ma questa volta decise che era giunto il momento che Dessy dicesse la verità definitiva: se ama lui o l'altro tritone dalla coda d'oro di nome Fasel?

E il mattino seguente, dopo colazione, Dessy si ritrovò alla vecchia fontana. Non aveva idea di cosa stesse succedendo la scorsa notte. E le sue reazioni sono state seguite dalle cicogne Tropp e Mexy che vivono nel nido sul tetto della casa. Dessy non vedeva l'ora di rivedere colui per cui batteva il suo cuore.

In quel periodo, ci fu una vera e propria aspra discussione sott'acqua tra due tritoni: Fasel e Gianni. Litigarono sulla questione di chi Dessy dovesse davvero innamorarsi.

In quel momento, il tritone Fasel fu dispiaciuto per quella bella ragazza, quando vide che persona testarda era il suo fidanzato, e un uomo senza cuore. Poi Fasel vide il suo errore al riguardo che avevano comunque informato quest'uomo senz'anima di tutto. Così Fasel ha deciso di aiutarla in qualche modo con il pesce Miklay.

E quel giorno, mentre guardava da sotto la superficie dell'acqua, gli venne in mente una persona meravigliosa, insolitamente bella. Si ricordava di lei, troppo attenta alla natura e ai cavalli della tenuta. È stato allora che si è reso conto di essere ancora innamorato di lei. Ma ora si è caricato sul collo e rivale.

Per molto tempo, Fasel ha parlato con il ragno blu Spidey di tutto questo.

Si resero conto del loro errore, ma ora spettava tutto a Dessy prendere la decisione finale.

Dessy era sempre vicino alla vecchia fontana. Sembrava che riuscisse a vedere per tutto il tempo i contorni del tritone, ma questa volta aveva una coda color topazio abbagliante.

"Qui vive più di un tritone?" Ha chiesto e la ragazza sta fissando intensamente l'acqua. Durante quel periodo, il suo fidanzato Gianni nuotava vicino alla superficie dell'acqua. Poteva vedere il suo volto e il suo interesse. Brontolò rabbiosamente tra sé e sé.

"Non è giusto che la mia fidanzata si innamori di una persona ordinaria, una creatura come il tritone? La punirò sicuramente una volta che mi ha voltato le spalle e si è innamorata di quell'uomo con la coda d'oro! "

Era arrabbiato per tutto questo. Ha nuotato costantemente molto vicino alla superficie e ha scacciato il tritone Fasel ogni volta che ha cercato di avvicinarsi alla superficie dell'acqua.

"Ehi! " Miklay li avvertì, " non sarebbe giusto che voi due stiate litigando ora! Non abbiamo mai combattuto qui, tranne quando ci vivevano grossi pesci gatto! "

Ma i due tritoni continuarono a non ascoltarla. Si sono rincorsi con rabbia e hanno cercato di attaccarsi a vicenda. Durante quel periodo Dessy notò un po' di agitazione sott'acqua. E alla fine raccolse le forze e si tuffò in acqua. Fu sorpresa quando in quei pochi istanti riuscì a vedere che era un grande lago con pesci e un interessante mondo acquatico.

Ancora di più fu sorpresa quando vide due bellissimi tritoni di fronte a lei che stavano combattendo. Le sembrava che un tritone le fosse familiare. Ma poi cominciò a perdere il fiato e galleggiò sulla superficie dell'acqua.

Anche suo padre si è preoccupato quando ha visto come era saltata in acqua e si è precipitato fuori pensando che le fosse successo qualcosa.

" No! No! " - disse la ragazza che era completamente bagnata. " È caduto l'anello che devo indossare, così sono saltato per trovarlo. "

Suo padre la accompagnò nella sua stanza, nel frattempo sopra la superficie dell'acqua, apparivano i tritoni che vivevano lì. Spider Spidey spiegò che Dessy li aveva notati, dopotutto. Tutto sembrava molto teso.

"Quella è la mia fidanzata, stupido tritone Fasel!" Giannni gli gridò: "E tu non hai il diritto di sedurla".

"Non puoi dirmelo. Tu non la ami" - disse il tritone Fasel. La situazione tornò tesa.

"Piano, piano" - il pesce Miklay li calmò. "Andiamo. Lasciamo che sia Dessy a prendere la decisione finale! '

E così si separarono senza combattere di nuovo.

Durante quel periodo, il capo Demetrisio era molto arrabbiato perché sua figlia Dessy trascorreva così tanto tempo vicino alla vecchia fontana.

Decise di proibirle di uscire quel giorno, così la chiuse nella sua stanza. E dal giorno dopo, ha detto che sarebbe andata da una zia che vive in Sicilia e non tornerà nella tenuta fino all'autunno. Dessy era molto triste per questo. Non voleva separarsi dalla sua nuova simpatia.

Si gettò sul letto e pianse. Fu il ragno blu Spidey che guardò tutto per un po'. È stato un testimone oculare di tutto ciò che è successo. Si recò rapidamente alla vecchia fontana e disse ciò che aveva in mente al capo Demetrisio. A uno di quei due tritoni non piaceva quel piano.

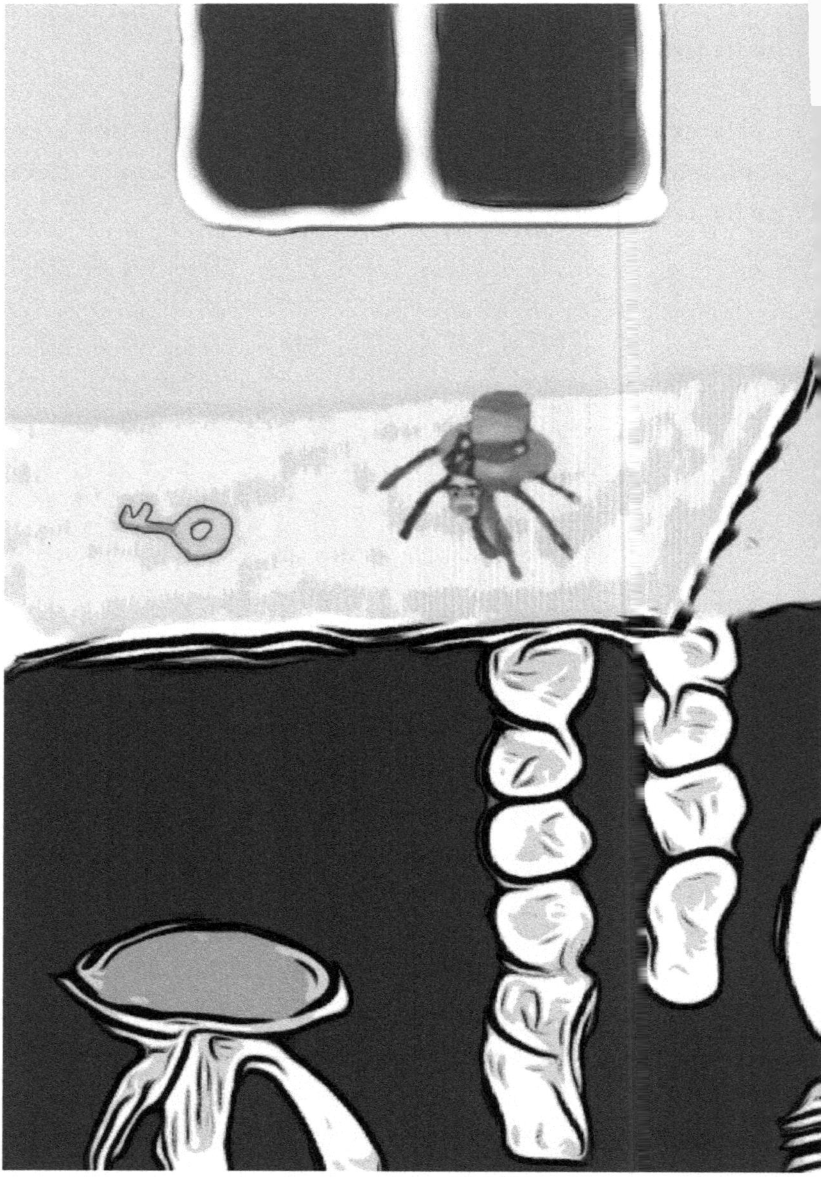

Il tritone Fasel pensava che sarebbe stata in Sicilia e Dessy lo dimenticherà di sicuro.

E il tritone Gianni sapeva che dopo il suo viaggio, lo Spirito Blu decise di riportarlo in forma umana e dimenticherà tutto ciò che sapeva su quella proprietà e sulla vecchia fontana segreta.

Sapevano che dovevano trovare una soluzione quella sera. Il ragno blu Spidey si diede il compito di informare in qualche modo Dessy che doveva raggiungere la fontana durante quella notte.

La sua scelta è stata fatta su misura per i loro destini. Anche se forse due giorni fa Fasel sarebbe stata felice per gli sconvolgimenti che stavano accadendo, ora però non voleva perderla ed era triste per questo.

Quella notte, quando Boss Demetrisio andò a letto, il ragno blu Spidey lasciò il giornale sotto la porta di Dessy. Ha informato che lui è il suo salvatore, che le porterà la chiave e che deve venire alla sua fontana in modo da poter in qualche modo dire la sua decisione finale. E con l'aiuto delle cicogne Tropp e Mexy, in un modo molto divertente, sono riusciti a ottenere la chiave della stanza dall'ufficio di Demetrisio.

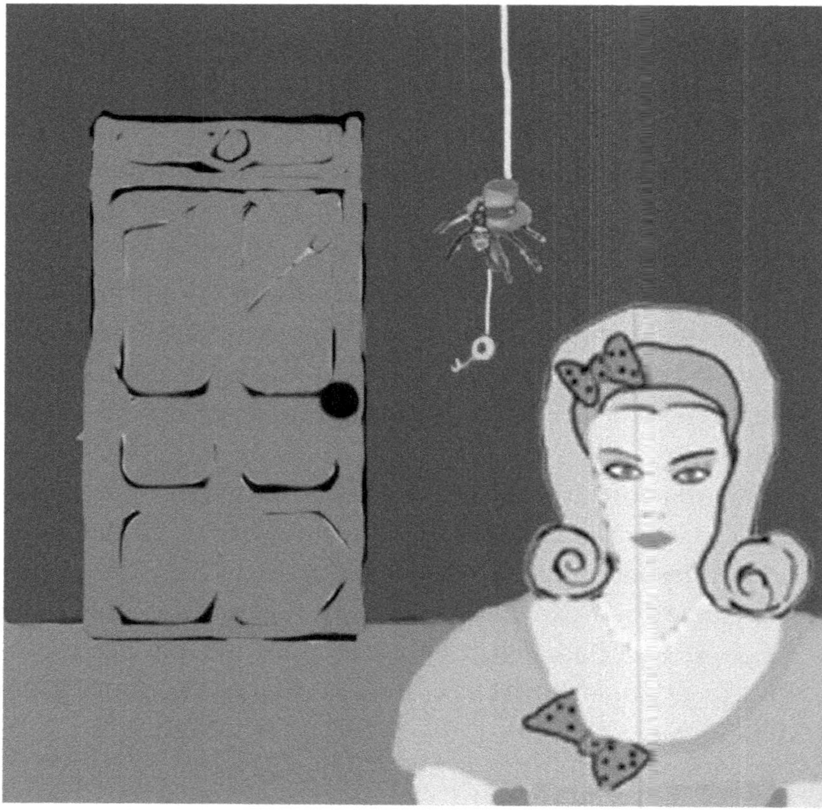

Si precipitano nella stanza dove si trovava Dessy e infilano la chiave sotto la sua porta. Quella sera uscì con entusiasmo dalla stanza e andò alla vecchia fontana.

C'era una grande sorpresa ad aspettarla. Ora vide che c'erano due tritoni: Fasel e il suo fidanzato Gianni. Poi è apparso anche un vecchio fantasma blu che ha detto che era la sua decisione finale - chiunque scegliesse, lui sarebbe diventato il suo prescelto. Dessy era molto affezionata al tritone con la coda d'oro, nonostante conoscesse Gianni da Roma, da molto tempo. Ma Gianni a volte era un uomo testardo, e lei non riusciva ad amarlo sinceramente. Questo è quello che gli ha detto.

E quella notte, prima che alla cattedrale scandagliassero le dodici, prese la decisione finale: il suo prescelto sarà il tritone Fasel.

Tutta l'orchestra dei pesci e delle rane era felice per la sua decisione. E il vecchio Blue Spirit aveva ora due compiti. Il primo compito è stato quello di trasformare il tritone Gianni in un uomo e trasferirlo nel suo appartamento, ma con un'amnesia completa.

Così Gianni si ritrovò nel suo appartamento a Roma, nel suo letto e in pigiama e dimenticò di essere mai stato in quella vecchia fontana, dimenticò entrambe le cose: Dessy e che era anche un tritone. Con calma si voltò, sbadigliò e continuò a dormire. E inoltre, Gianni ha dimenticato quel momento e tutti quelli che lo conoscevano in quella proprietà.

Un altro compito del vecchio Spirito Blu fu quello di trasformare Fasel nel giovane, cosa che fece volentieri. Così, quando la mattina dopo il capo Demetrisio decise di aprire la porta della stanza di sua figlia in modo che potesse prepararsi e viaggiare in Sicilia, allora

Fasel apparve davanti a casa sua. Era in una carrozza molto bella e si presentò come un ricco orafo.

Chiese se poteva prendere la mano di sua figlia Dessy. Quando il capo Demetrisio ha visto che Dessy era sinceramente innamorata di questo giovane di cui fino a ieri non sapeva nemmeno l'esistenza, ha deciso di farli sposare.

E dopo un po', fu organizzato un grande e bellissimo matrimonio tra Dessy e un ricco mercante di gioielli d'oro di nome Fasel. Vissero felici e contenti fino alla fine della loro vita. E il segreto dell'antica fontana è rimasto per sempre chiuso in un lontano passato. E non siamo sicuri, cari bambini, se riapparirà presto qualcuno con una nuova moneta d'oro a risvegliare il vecchio Spirito Blu che dormiva ancora pacificamente lì.

LA FINE

DESSY AND MERMEN
DIANNA DIVERNO

DESSY &
MERMEN
Novel
DIANNA DIVERNO

DESSY E TRITONI
DIANNA DIVERNO
Dianna Diverno
Dianna Diverno
Dianna Diverno

DESSY &
MERMEN
DIANNA DIVERNO
Dianna Diverno
Dianna Diverno
Dianna Diverno

DESSY &
MERMEN
DIANNA DIVERNO
DESSY E
TRITONI
DIANNA DIVERNO

DIANNA DIVERNO
DESSY AND MERMEN

Milton Keynes UK
Ingram Content Group UK Ltd.
UKHW040255181024
449757UK00001B/42